7727

LETTRES.

[1835]

TABLE DES MATIÈRES.

ERRATA.

Page 8, 1.re ligne, lisez : l'extrémité du poisson *déployée* comme une fleur
indique la *Floride*. — Même page, ligne 3, au lieu de *ser*, lisez *sera*.

1835

LETTRE
ADRESSÉE
A L'INSTITUT DE FRANCE,
sous l'enveloppe
du Ministre de l'Intérieur.

LETTRES

ADRESSÉES

A L'INSTITUT DE FRANCE

ET AU PRÉSIDENT DE LA CHAMBRE DES DÉPUTÉS.

Carcassonne, le 4 décembre 1834.

D'AT, Avocat, Doyen d'age et d'exercice,

A l'Institut de France.

MESSIEURS,

Une erreur universellement accréditée parmi les juifs et les chrétiens, a établi que le jour du Seigneur ou du repos n'était pas le même chez les deux peuples.

On a dit que le *samedi* était le jour de Saturne, lorsque *sames* est le soleil, *beth-sames* sa demeure. (*Biblia sacra* de 1692.)

Saturne est le repos, la cessation du travail : Saturne dit que le vase ou l'urne est remplie.

Dans l'apologie de Saint Justin, faite en l'année 150, il est reconnu que Jésus-Christ fut mis en croix la veille du jour de Saturne.

Dans le dictionnaire de théologie de l'abbé Vergier, il est rapporté que les juifs chômaient le septième jour de la semaine.

Les dames, par leur parure, par leurs longues et doubles manches, donnaient à cette fête religieuse et de repos, un éclat de féerie, ce qui lui a mérité sa nouvelle dénomination.

Je me permets de vous adresser en supplément six exemplaires d'un discours que j'ai prononcé devant le conseil de discipline de l'ordre des avocats ; daignez les agréer comme un hommage mérité de mes sentimens avec lesquels j'ai l'honneur d'être

Votre respectueux serviteur,   D'AT.

2ᵉ **LETTRE**
Recommandée,
nᵒ 18 de l'enregis-
trement, déposée
au bureau de Car-
cassonne, le 21 dé-
cembre 1834.

Carcassonne, le 21 décembre 1834.

D'AT, Avocat, Doyen d'age et d'exercice,

A l'Institut de France.

Messieurs,

J'eus l'honneur de vous écrire le 4 de ce mois, etc. Aujourd'hui, je vous fais part d'un objet encore plus essentiel pour les sciences dont je me suis occupé, en rapportant le plan du Zodiaque tel qu'il avait été pris sur la terre; ainsi le *Belier* est le *Mont-mari* placé à l'Orient et presque aux portes de la Cité, ville haute de Carcassonne, laquelle est l'ancien *Castellumdary*; de ce point, j'ai tiré une ligne droite vers la *Mer blanche*, d'environ 750 lieues de 3000 toises chacune; là je trouve le signe du *Taureau*, près la *mer blanche* : je trace une seconde ligne de ce dernier point vers le midi, jusqu'au golfe de *Siam* où est le signe de la *Vierge*; une ligne parallèle à la première me conduit à *Madagascar* où est le *Bootès*; en remontant enfin directement vers le septentrion, je reviens au Belier, alors tout le plan du Zodiaque est connu; le signe du Lion sera les Iles Philippines, Tonkin, Macao; l'Ours ou le Sanglier sera le mont Thibet; le Dragon, la mer Caspienne; il est facile de reconnaître le cap de Finistère, le détroit de Gibraltar, le cap Blanc, le cap Vert, le cap Chagrin et le cap de Bonne Espérance.

Daignez agréer ce travail comme un tribut qui vous est légitimement dû.

J'ai l'honneur d'être avec respect

Votre dévoué serviteur,

D'AT.

D'AT, Avocat, Doyen d'âge et d'exercice,

A l'Institut de France.

Messieurs,

Ma seconde lettre du 21 du mois écoulé vous a donné la mesure des connaissances astronomiques et géographiques des anciens. Je reçus le 22 la lettre que m'a fait l'honneur de m'adresser à ce sujet M. votre Secrétaire le Baron de Sacy, laquelle m'annonce la réception d'un de mes discours imprimés que j'avais eu la témérité d'adresser à l'académie des belles-lettres. M. de Sacy ne dit pas un mot de l'objet principal dont je m'étais occupé, et auprès duquel mon opuscule était un os sans substance.

Je vous ferai bientôt part de mes recherches sur l'ancienneté de la langue latine, laquelle a devancé celle des Hébreux et des Grecs. Maintenant je reviens au Zodiaque; il m'a fait connaître que l'Amérique avait été connue long-temps avant que Christophe Colomb en fit la découverte. Les anciens rapportaient tout, et avec raison, à un être suprême; l'allégorie dont ils ont usé a entraîné les peuples dans de grandes erreurs. Les Hercules, figurés sous différentes formes, annonçaient cependant la puissance d'un seul Dieu. Toutes les figures admirables du Zodiaque représentent par leur dessin et leurs attributs les plus petites dimensions de la terre, lesquelles se rapportent, malgré la succession des temps et les révolutions des empires, à leur primitive essence.

La figure de la Vierge céleste retrace par sa tête l'Ile Formose, laquelle caractérise la beauté; l'Ile Manille sera en rapport avec ses mains; son bras gauche fait connaître les Célèbes, c'est sa célébrité; son avant-bras décrit la Sonde, qui décèle son origine, l'onde. Son rameau chargé de pommes indique une portion du Golfe de Siam, qui produit le maïs laiteux et des fruits en abondance ; sa main droite se rapprochant de son corps renferme l'Ile Bornéo, c'est son éclat et sa blancheur, elle se repose mollement sur les Molluques ; sa robe nuptiale et riche se déploie sur la nouvelle Guinée et le Yemen, elle couvre de son ombre Batavia, Macassar qui abondent en grains et autres denrées ; enfin, sous les derniers plis de sa robe, se trouve la terre des Nuits pour le repos.

Le Bootès, l'homme des champs, est armé de sa faucille dont le contour figure celui du Golfe de Bengale ; de sa houlette et de son pied, il décrit le Golfe jusques à la Sonde avec tant d'exactitude, que la place de ce pied est figurée sur la Mappemonde de Delisle, de l'an IX. Sur sa tête est le cap du Golfe de Bengale et l'Inde ; son bras gauche et sa faucille marquent en descendant la position de Coromandel, et par son retour celle de Malabar ; son coude est le détroit de Babel-Mandel ; Sumatra et les Iles de la Sonde sont entre ses jambes.

La Chine est figurée par le Lyon ou le Chien ; cet animal marque par ses pattes du devant Pékin, et par celles du derrière Tonkin. Ces villes, d'après le Zodiaque, se trouvent éloignées l'une de l'autre de 850 lieues communes, de 3000 toises.

Le tronc du Serpent est l'Ile Malabre, *mauvaise herbe*, vulgairement appelée *Bestian loup*, comme on le voit sur la carte de Delisle, de l'an IX ; son dard est Chamskatka.

Le Cancer est la Tartarie russe ou Sibérie. Le Sanglier, la grande Tartarie. La loutre, ou chien marin ayant une étoile à l'extrémité de sa queue est Astracan. La mer Caspienne, figurée par le nœud de l'Hydre, tient la Perse assujettie sous son terrible aiguillon ; sa tête décrit le Golfe persique. L'homme couronné tient sous son sceptre Constantinople, la Turquie d'Asie ; sa main place sous sa puissance l'Égypte, le Caire, et la mer Rouge ; l'Arabie, la Méditerranée, la mer Noire sont sous sa dépendance ; il est facile de reconnaître Constantin.

Le Delta est l'Italie. Les poissons qu'on voit près d'Andromède annoncent avec celui-ci la Méditerranée meurtrière ; sur son bord est Andrinople joignant la mer Noire, où se trouve une femme assise, en deuil, éplorée au souvenir des désastres qu'elle a enfantés ; nous avons déjà fait connaître cette autre mer aussi absorbante appelée Caspienne.

Persée est la Pologne infortunée ; la tête de Méduse que celui-ci tient dans sa main annonce que de tous les temps comme aujourd'hui, cette contrée a été l'effroi des tyrans , vraiment pétrifiés par le courage d'un peuple héroïque, plus grand même dans ses désastres.

La Russie, Petersbourg, Moscou, qui touchent de plus près la Pologne, sont figurées par l'étable de Jouseph. Le Chien que l'on voit au-dessus dans le Zodiaque, marque par ses pattes les pointes avancées des monts qui joignaient les deux hémisphères à l'époque où la terre fut créée et reçut la lumière, phénomènes incompréhensibles qui nous donnent la plus grande preuve de la puissance infinie d'un seul Dieu.

Les Gémeaux sont les Iles Samoï-edes dont le climat si doux autrefois est devenu par une secousse volcanique la région la plus froide de notre hémisphère. Dans l'une des Samoïdes est Orion, le Cap Nord, le Spitzberd ; l'emplacement de la toison est Groënlend, au-dessus de celle-ci est la Laponie, d'où elle tire son origine : là est la baie du Bassin et le détroit de Davis.

Les sinuosités de la Méditerranée marquées par un ruban auquel deux poissons sont attachés, font remarquer à l'occident le détroit de Compostelle, où est le cap Finistère ; par ses contours, il réunit le Portugal, le Cap Saint-Vincent et l'Espagne ; le détroit de Gibraltar est marqué par un double nœud.

Deux chevaux ailés traînent le char qui nous apporte la lumière ; par leur forme ils montrent l'Afrique ; une des cornes du cheval de gauche indique le cap Blanc ; ses ailes et leur dimension font connaître la Barbarie et la chaîne des montagnes de l'Atlas ; sa jambe du montoir vient jusques au lac de Bournou, en traversant la Nigritie ; l'autre vient aboutir à l'Abyssinie. Le cygne plane sur ce royaume et sur celui de Galles ; d'une de ces ailes il aboutit au détroit de Babel-Mandel. Le cheval de droite ne montre que sa tête plus avancée , à cause du chemin tortueux qu'il parcourt, tandis que l'autre ralentit sa marche. La tête du second cheval est le cap Vert, le cap Tagrin et la Guinée ; le Dauphin, S.ᵗ Salvador ; l'Aigle , le cap Nègre et la Cafrérie, pays des Hottentots ; le Pélican sur lequel est figurée une lyre est l'Arabie heureuse, c'est le pays d'Eden, Jardin des Hespérides : cet oiseau marque de ses ailes comme le cygne , le détroit de Babel-Mandel.

2

Le Golfe persique est figuré par la tête du serpent des Hespérides ; la couronne vient ceindre Ceylan. Les Maldives sont figurées par la toison rembrunie qui couvre une partie du corps d'un des Hercules ; là un d'eux montre le cap de Bonne-Espérance ; un autre, berger ou bouvier, la houlette et la faucille dans ses mains, annonce que le moment est venu de scier les blés et de conduire les troupeaux aux pâturages ; un autre sous le nom d'Osiris nous offre la vermeille cerise, c'est la bouche d'Iris ; sous le rameau qu'il nous présente est Madagascar ; deux Hercules réunis essayent leur force ; l'un d'eux, les jambes renversées, supporte les états du Mogol et retient la mer Caspienne dans ses limites, tandis que Cérès nous offre le plus beau des fruits : on lui a donné le nom d'Ève, comme si elle était sortie de l'écume de la mer, à l'instar de Vénus. Ce mot d'Eve dérive, en effet, d'un mot grec *neó* (nager) et de *ek* (hors de), et de la racine du mot *evellere* ; plus près du Belier est le Taureau, la corne supérieure de celui-ci est la Norwège, l'autre la Suède ; son museau, le Danemark ; son oreille, Berlin ; son cou, l'Allemagne ; de ses jambes il supporte l'Océan ; la voie laitée figure la mer du Nord.

La tête de la Baleine a sur sont front l'Irlande et l'Écosse, son œil est Londres, sa gueule est l'Océan Atlantique ; vis-a-vis l'Angleterre est l'agneau plein de mensuétude, ses cornes bornent la Méditerranée vers le midi et marquent les Pyrénées en joignant l'Océan ; la 1.re embrasse Draguignan, les Alpes, l'Isère, la Drôme, les Bouches-du-Rhône, Avignon ; l'autre circonscrit les départemens des Pyrénées-Orientales et de l'Ariége ; au-dessus de sa tête est le Golfe de Lyon, l'extrémité de son nez est Carcassonne qui se glorifie d'avoir l'agneau pour armoirie ; son corps et ses jambes naturellement ployées, figurent successivement Montpellier, Nîmes, Valence, Lyon, Grenoble, Lons-le-Saulnier, Besançon, Colmar, Strasbourg, Metz, l'Ille, Dunkerque ; les jambes de derrière de l'agneau laissent un espace libre entre celles du devant, c'est le Pas de Calais, point de communication intermédiaire entre Douvres et la tête du Belier ; ce qui établit entre ces deux points une ligne droite de 200 lieues communes ; les pattes du derrière indiquent Boulogne, l'Ille, Brest, Quiberon, la Rochelle, Bordeaux, Bayonne, les hautes et basses Pyrénées, le haut Languedoc, jusques à la rivière d'Aude.

La ligne du pouce, ancienne mesure, fait 50 lieues de 3000 toises chacune.

J'ai fait un essai, sans en garantir l'exactitude; il me suffit d'avoir indiqué sur la terre d'une manière incontestable les points du Zodiaque qui correspondent avec l'état actuel de notre hémisphère, comme Pekin, Astracan, Siam, Madagascar, Carcassonne, et l'Angleterre; la balance placée à côté de Cérès indique que tous les dons célestes ont été pondérés au poids du sanctuaire; la munificence divine a pourvu largement à tous nos besoins; pourquoi en faisons-nous un si funeste usage pour détruire et disperser ce que l'Auteur de toutes choses a créé, conserve et réunit.

J'ai l'honneur d'être avec respect,

D'AT, Avocat.

Carcassonne, le 10 janvier 1835.

D'AT, Avocat, Doyen d'age et d'exercice,

A l'Institut de France.

MESSIEURS,

Après vous avoir fait connaître l'application du *Zodiaque* de Dendera à tous les points nombreux de l'hémisphère-nord, je me bornerai à vous signaler quelques-uns des points de l'hémisphère-sud, lesquels se rapportent avec une égale précision à cet éternel monument des connaissances des anciens. La coupe bienfaisante indique, après une longue traversée, le golfe de la Providence; comme dans notre hémisphère se trouve le Cap de Bonne-Espérance et Saint-Salvador. La couronne est le Cap du golfe du Mexique où est la Nouvelle-Orléans;

l'extrémité du poisson déployé comme une fleur indique la Toride ; l'autel sur lequel on voit un feu allumé est aujourd'hui *Santa-Fé*. Le Scorpion sera l'Océan ; sous l'une des pattes de l'animal est le Mexique. Au milieu de l'une des cornes de la chèvre on aperçoit Panama. Les pieds de la baleine sont les détroits de Davis et d'Hudson placés à 600 lieues de distance l'un de l'autre. Au milieu du rond que forme la queue de la baleine est enlacée Terre-Neuve. L'extrémité de cette queue montre le grand banc de Terre-Neuve ; il est à remarquer qu'une partie du corps de Cérès, c'est-à-dire ses pieds et ses ailes sont figurés sur l'hémisphère sud, et qu'elle paraît en marquer le mouvement et le point de son départ.

Cela a été une grande erreur de penser que la terre roule sur elle-même. Chacun des deux hémisphères est un grand navire flottant au milieu des eaux, et voguant sur leur lest pour faire annuellement 21600 lieues communes de 3000 toises chacune.

Si notre hémisphère-nord tournait sur lui-même, nous nous trouverions dans un moment plus près du soleil que l'Amérique, et si ce jeu se répétait chaque jour, les latitudes n'auraient aucune application. La terre ne peut pas faire en vingt-quatre heures une course de 21600 lieues. Chaque hémisphère se meut par des lois particulières qui lui ont été assignées : notre hémisphère-nord fait environ deux lieues par heure, 51 lieues par jour.

Les Docteurs ont grandement abusé du sens commun en lui faisant admettre, comme une chose certaine, que la terre faisait chaque jour, en tournant sur elle-même, 21600 lieues. Donnez à un bâtiment de guerre l'ordre de tourner sur lui-même, dans le sens que l'on suppose que la terre tourne, il ne bougera point. Tandis que l'on peut suivre les mouvemens journaliers de la terre, et passer à volonté d'un hémisphère dans l'autre, lesquels ont, à raison surtout de leurs masses énormes, leurs roulis pareils au moins aux sinuosités de la Daine ; c'est en allant de biais que l'on peut surmonter les obstacles d'une pénible navigation ; et ces zones successives et nécessaires deviennent par une conception divine les causes naturelles des jours et des nuits et des différents aspects de la lune que nous appelons phases ; comme nous appelons degrés les rainures de la voie annuelle que suivent les deux hémisphères, tels que je les figure. /\/\/\/\/\/\/\/\ Si j'établis entre ces degrés une ligne pour les diviser en deux parties égales, \/\/\/\/\/\/\/\/ j'aurai le jour et la nuit. Il est évident qu'il y aura jour pour nous lorsque nous nous rapprocherons du soleil, de même qu'en rétrogradant nous aurons la nuit.

On n'a point encore assez apprécié, à cause de l'erreur accréditée sur la marche de la terre, le rôle que chaque hémisphère joue à l'époque des éclipses, et quelle est leur place dans les cieux.

Il est avéré que lorsque une éclipse de soleil est indiquée pour l'hémisphère-nord, c'est une éclipse de lune pour l'hémisphère-sud, et réciproquement. La première éclipse de soleil de l'année 1834 non visible à Paris, annoncée pour le 9 janvier, fut une éclipse de lune à Rio-Janeiro, dans l'Amérique-sud. Nos deux hémisphères sont, à ces époques, remarquables dans les cieux, ainsi que les eaux transparentes qui les entourent. Ces faits, quelque extraordinaires qu'ils paraissent, sont reconnus dans la Genèse : lors de la création Dieu dit aussi : « *que* « *le Firmament soit fait au milieu des eaux , et qu'il sépare les eaux* « *de la terre d'avec celles du ciel.* » (Genèse 1. 1.er nombre 6.e)

L'allégorie des anciens à l'égard de Diane, qui était appelée Hécate aux enfers, Lune dans les cieux et Diane sur la terre, paraît venir à l'appui de mon système. Lorsqu'elle est éclipsée, elle est pour ainsi dire morte *necata*, et successivement elle est la lune ou la terre, et *vice versâ*. Un voyage dans la lune n'eût point surpris l'ingénieux auteur de la pluralité des mondes.

La lune n'a d'autre éclat que celui qu'elle reçoit du soleil.

La cause des éclipses est d'une facile conception : mais c'est souvent les choses les plus claires que l'on ne peut ou que l'on ne veut point apercevoir. De même les partisans de l'attraction de Newton méconnaîtront nécessairement la puissance de l'air qui agit dans les lieux les plus bas, comme dans les plus élevés. Pour éclairer les partisans de l'attraction, je leur montre un tonneau plein de 20 hectolitres d'esprit de vin placé à volonté dans mon cellier ou dans une cave des plus profondes : j'ouvre un grand robinet; la liqueur ne coule pas, je la leur fais toucher du doigt, elle reste suspendue; à leurs yeux je pratique sur la cime de mon tonneau une petite ouverture, aussitôt la liqueur s'enfuit.

3

Qu'il me soit permis d'insister pour rappeler et augmenter les preuves de ma proposition ; cet à-propos est commaudé par le sujet. Je dis, par exemple, 1° que la lune doit être l'hémisphère sud, parce que dans une éclipse de lune, visible sur l'hémisphère nord, l'astre de la nuit n'est plus éclairé par le soleil, et que dans ce même moment l'hémisphère sud est privé de sa clarté.

2° Lorsque pareillement une éclipse de soleil est visible dans l'hémisphère nord, l'hémisphère sud aura dans cet instant une éclipse de lune générale ou partielle. La cause de ce dernier effet viendra de ce que l'hémisphère nord ne recevait point et ne réfléchissait point alors la lumière du soleil.

3° Si l'hémisphère sud était les antipodes de l'hémisphère nord, on ne pourrait pas d'après les faits prémentionnés, assigner quelle est la cause des éclipses visibles dans cet hémisphère.

4° Si la terre tournait sur elle-même, la calle de ce grand navire en deviendrait le tillac.

5° Que le soleil a un mouvement diurne comme les deux hémisphères ; cet astre est une immense terre de feu. Les éclipses démontreront la justesse de mon opinion sur le mouvement journalier des deux hémisphères. Il est évident qu'ils se croisent dans la marche que je leur attribue, allant tantôt vers l'orient et tantôt vers l'occident, et que dans le moment d'une éclipse de lune vue dans l'hémisphère nord, celui-ci va vers l'occident, puisque la première partie de la lune éclipsée est celle qui est tournée vers l'orient. (Voir ma dernière lettre).

Dans les éclipses du soleil, la partie de cet astre, qui est la première éclipsée, est tournée vers l'occident; cet effet est occasionné par le retour de l'hémisphère sud vers cet astre.

6° Le mouvement de l'Océan, c'est-à-dire son flux et reflux, est occasionné par la marche diurne et simultanée des deux hémisphères; leur direction ascendante et rétrograde est constamment marquée par l'Océan. Les causes et les effets sont ici identiques.

7° Disons que si la terre tournait sur son diamètre dans vingt-quatre heures, elle ferait quatre cents fois plus de chemin que celui qu'elle parcourt. Cette vitesse que l'on suppose est sans nécessité, ne serait-elle point contraire à notre existence ?

8° L'immobilité ou le peu de mouvement que nous apercevons dans les planètes ou les étoiles, démentent le système reçu et viennent à mon appui.

9° Les éclipses fourniront une autre preuve de la véridicité de mon opinion. Celle de lune vue de l'hémisphère nord sera une éclipse de soleil dans l'hémisphère sud, parce que l'hémisphère nord est interposé dans ce moment entre le soleil et l'hémisphère sud ou lune.

L'éclipse de soleil vu dans l'hémisphère nord sera de même une cause d'une éclipse de lune dans l'autre hémisphère, parce que dans cet instant l'atmosphère nord ne peut ni recevoir ni reproduire la lumière du soleil. De mon principe découle cette conséquence que les deux hémisphères répètent et se renvoient pendant douze heures consécutives alternativement la clarté du soleil.

Je dis que la terre et les mers et tout se qu'elles renferment, forment un grand cercle que l'on peut parcourir non au-dehors, mais au-dedans; par conséquent toutes les surfaces peuvent être aperçues de son centre, toutes les sommités ainsi que toutes les têtes doivent converger vers ce même point.

Pour me mettre à la portée de toutes les intelligences, je ferai remarquer que les nuages sont très-rapprochés de la terre;

Que le soleil plane continuellement pendant le jour sur un ou deux hémisphères, et que sa lumière est constamment reçue et réfléchie par leur atmosphère.

Je traversais en 1795 la montagne noire, et dans un des plus beaux jours de l'année, j'aperçus de la cime des montagnes, dans la plaine, un grand orage; je voyais les éclairs se succéder rapidement et serpenter sur les nuages, tels que je les avais vus si souvent lorsque les nuages étaient sur ma tête.

J'observe que les deux hémisphères suivent dans leur marche, en tournant comme sur un pivot, des rainures, zones ou degrés uniformes, mais avec cette différence que lorsque l'hémisphère nord est ascendant, l'hémisphère sud et descendant, et réciproquement : la cause des jours et des nuits est donc la même pour les deux hémisphères, et il en est ainsi de leur mouvement annuel. Je m'appuie, pour prouver ce dernier fait, du zodiaque de Dendera où j'ai aperçu que le terme de la navigation de l'hémisphère sud est le Havre de la providence où se trouve la coupe céleste, lequel est placé sur la droite de la vierge dont les ailes et les pieds sont sur l'hémisphère sud, tandis que le Cap de Bonne-Espérance et la baye de St.-Salvator ou Salvator, désignés par le dauphin, sont à la gauche de ce même signe que l'on aperçoit sur le même zodiaque, dans l'hémisphère nord.

Enfin j'ai observé que la situation des chevaux qui traînent le char de la lumière, annonce qu'ils vont tourner sur la gauche pour entrer dans le signe du bélier : l'année des latins commençait le premier mars, tandis qu'en supposant que les chevaux dussent suivre une marche directe, le premier mois de l'année eût été celui de février.

J'ai l'honneur d'être avec respect. **D'AT.**

Carcassonne, le 20 février 1835.

Le même au même.

J'eus l'honneur de vous écrire le 2 janvier, que je vous ferais part de mes recherches sur l'ancienneté de la langue latine, laquelle a devancé celle des hébreux et des grecs ; cette proposition, qui paraîtra hasardée, est pour moi démontrée par des preuves qui ont leur authenticité ; la beauté de la langue latine se fait particulièrement remarquer si on lit de droite vers la gauche quelques mots qui la composent ; par ce moyen, on aperçoit la cause et l'effet, l'essence ou les attributs de la chose exprimée. Exemple : *Roma — amor, amasis —sisama, mare — eram, etna — ante, atlas — salta, terra — arret, panis — sinap, sum — mus, sero — ores, adonis — sinoda, iram — mari, sator — rotas, soli — ilos, maïs — siam, eridan —nadire, edes — sede, aro — ora* ; en parlant des semences, *natas — sat-an,* c'est-à-dire assez pour l'année : l'Hébreu en a fait un adversaire, ce qui annonce que la langue latine a précédé celle des hébreux. Une autre preuve de son ancienneté se trouve dans les zodiaques. Ovide en parle ainsi dans les premiers livre et chapitre de ses métamorphoses : *nec brachia longo margine terrarum porrexerat Amphitrite.*

Le grec et l'hébreu n'ont aucune analogie avec le mot de zodiaque, *zoon* dit animal, *koos* peau d'animal ou de brebis, enfin le mot *aqua* est une expression exclusivement latine; c'est donc aux latins que l'on doit la confection du zodiaque.

La langue latine fut d'abord appelée *latana* — *anatal*, puis *latina* c'est-à-dire vieillie, *anita*; *latona* annonçait une origine inconnue; ce fut le sujet de la fable de Latone. Pareillement on avait fait Jupiter de Jupater, comme de *io* on avait fait *iu*.

Les noms des jours de la semaine, ainsi que ceux des planètes, découlent encore de la langue latine.

Le premier jour de la semaine est chez les latins, comme dans la genèse, appelé *dies una*, et la planète la plus rapprochée de la terre, qui correspond à ce jour, est appelée *luna*.

Aucune expression grecque ni hébraïque n'aura aucune analogie à ces deux dénominations; il faut donc avouer que la langue latine a précédé les deux autres; le quatrième jour de la semaine est *dies Jovis*, lequel se rapporte à la quatrième planète du même nom; c'est au quatrième jour que, dans la genèse, le soleil fut créé; l'expression *Jovis* veut dire *moi, la force* : dans cet exemple, comme dans le précédent, le grec comme l'hébreu ne peuvent réclamer aucune filiation avec les termes qui puissent exprimer la force, le courage, l'irruption, la puissance. Les latins, qui habitaient la ville de Troyes, après la destruction de cette ville, vinrent s'établir dans le pays latin où l'on parlait la même langue dont l'origine était alors inconnue, ce qu'exprime le mot *latium*. On pourrait conjecturer que la ville de Sémiramis avait été créée sous la domination des latins, puisque les mots *seraramis* et *semiramis* sont des expressions latines. Le terrain où était construite cette ville favorisait beaucoup la végétation des arbres de toute espèce et surtout du peuplier appelé *platana* — *anatal*; la feuille de cet arbre est cotonneuse. Les dames du pays en faisaient des guirlandes pour se vêtir, et cette robe s'appelait simarre de *ramis* — *simar;* ces détails sont rapportés par Calepin, dans son dictionnaire, au mot *sera*.

J'ai démontré que le mot zodiaque est l'œuvre des latins : les observatoires nécessaires à cette grande conception doivent donc avoir été

4

leur ouvrage, Alors il faut reconnaître que la tour de Babel fut construite par eux.

La ville de Carcassonne, une des plus anciennes des deux hémisphères, a été un des points qui servit aux observations qui furent faites à la même époque ; aussi le mont Ari appelé vulgairement Pech-Mari, correspondant avec le nez du bélier, signe du zodiaque, est une preuve de l'ancien nom de la ville de Carcassonne.

On a tout défiguré par des fables absurdes, et l'allégorie a fait disparaître la vérité. Des animaux ont été déifiés : celui qui triture les fèves de nos marais sera Triptolème ; il se nourrit du maïs laiteux, et dès-lors il aura succé le lait de Cérès ; cet animal fut en effet le monstrator de la charrue, c'est sur sa mâchoire que nos dentals ont été façonnés ; en marchant, il ouvre la terre, la retourne et forme des sillons. Le mot latin *aperire* lui doit son origine, il marche *aper-it*.

Il est constant qu'on a défiguré l'histoire pour entretenir les peuples dans l'ignorance. On s'est surtout occupé d'effacer ce qui avait une origine latine : j'affirme, pour prouver ma proposition, qu'aucun historien n'a fait connaître l'ancien nom de la ville de Carcassonne : *Castellum d'ary ;* son arrondissement, le Carcassés, était en 1789 tel qu'il était du temps de Pline l'ancien : l'arrondissement de Narbonne avait à ces deux époques les mêmes bornes du côté de Carcassonne. La ville de Castelnaudary déjà très-ancienne fut appelée ainsi à raison de l'ancien château de Carcassonne.

D'après les observations déjà faites, le mot latin *ari* pris de droite à gauche indique le caractère du bélier, son courage et son ressentiment, *ira* ; l'allure et le naturel du bélier est exprimé encore par un terme vulgaire usité *ari*, qui signifie marcher en avant ; tout le terrain qui est au-delà du Mont-mari, depuis Carcassonne jusqu'à la Méditerranée, est propre à la pâture des bêtes à laine ; le mont *Ari* défiguré par celui d'*Alaric* en occupe une grande étendue : l'histoire du pays a fait d'Alaric le premier roi des Gots, comme on a fait d'Atlas le premier roi de l'Afrique.

La ville de Carcassonne a pour ses armes un agneau ; le nom de Carcassonne a été substitué à celui d'*ari*, à cause que cette ville ne figurait plus depuis des siècles qu'un squelette, une carcasse; l'expression vulgaire et latine *carcasso*, adoucie par l'italien *Carcassonne*, a la même signification. L'arrondissement de Carcassonne a été nommé *Carcassés*. On lit en effet, dans Pline, livre 3, chapitre 4 : *Populi Narbonensis Galliæ sunt quorum oppida latina sunt Anatilia, Bormianico, Macina, Cabellio et Carcassum*. L'historien Bouges a nié l'existence avérée de ce rapport. Ainsi l'histoire de dame Carcas est une fable absurde reconnue même par les historiens, qui ont néanmoins perpétué cette erreur en ne faisant point connaître les faits qui pouvaient la détruire.

On appelle dans le pays dame Carcas, une figure colossale de Cybèle, laquelle est placée à côté de la porte orientale de la Cité; ses attributs sont faciles à reconnaître; sa tête est circulaire, elle a 70 centimètres de diamètre; deux rideaux artistement ployés viennent du haut de son front sur les deux côtés de sa figure, ce qui me paraît un emblème du jour et de la nuit; sa tête est surmontée d'une tour qui a 50 centimet. de hauteur; son sein caractérise la fécondité; le bas relief a 2 mètres de hauteur, la largeur de son corps est de 120 centimètres.

Un porc regorgeant de grains était sacrifié à Cybèle. La fable a inventé « que dame Carcas, maîtresse de la Cité, étant assiégée par Char- » lemagne, fit manger à un cochon un boisseau de blé, après quoi » elle le jeta dans le fossé, afin que les assiégeans fussent persuadés » qu'elle ne manquait point de grains ».

La construction de cette ancienne ville est encore bien remarquable; d'abord un grand fossé l'entoure de toutes parts et un pont-levis en facilite ou en défend le passage; puis une double enceinte est fortifiée des deux côtés par de nombreuses tours; l'entrée de la porte principale est un monument d'architecture des plus anciens; on voit dans un petit espace une porte magnifique construite avec des pierres de taille à facettes, formant deux doubles tours extrêmement élevées; il ne reste plus que la base de ces tours dont le sommet est tombé de vétusté. Il reste encore sur tous les points qui environnent cette ancienne ville des tours extrêmement élevées, ce qui me fait présumer par leur direction que tous ces points ont servi d'observatoire aux Latins lors de la construction du premier zodiaque.

Je trouve encore dans l'histoire de Carcassonne, du père Bouges, de l'année 1761, cette tactique de détruire des preuves historiques par des suppositions et des interprétations les plus grossières; quelques historiens, dit cet auteur, page 6 de son histoire «ont pensé, en s'étayant » d'un passage de Pline le naturaliste, que Carcassonne était une répu- » blique de qui dépendaient les villes d'*Anatilia*, *Aeria*, *Bormanico*, » *Macina* et *Cabellio*.

» Les géographes placent Anatilia entre Arles et Nîmes, la même » qui est appelée aujourd'hui St.-Gilles, du nom de ce saint, qui s'y » retira pour y vivre en solitaire. Aëria n'est pas *Montréal* dans le » diocèse de Carcassonne, mais *Aire dans le Dauphiné*, entre Valence » et Montélimar. Bormanico n'est pas *Lésignan* dans le diocèse de Nar- » bonne, mais *Obrac* dans le pays Venassin; Macina est le lieu qu'on » appelle *Cave* dans le même pays, et non pas le *Mas-Cabardés*, et » Cabellio n'est autre que *Cavaillon* près de la Durance. »

Je dis au contraire que Anatilia, au lieu d'être *St.-Gilles*, est Trèbes situé sur la rivière d'Aude et d'Orbiel dont les habitans se sont toujours occupés de natation, de là le nom de la ville qu'ils habitaient *Anatilia*; pour prouver l'analogie de cette expression, je remarque que dans le dictionnaire de Calepin, il est dit au mot *anas, anatis, ita dicta ab assiduitate natandi;* le même Calepin au mot *Aeria*, dit *Aeria Narbonensis Galliæ oppidum; apud Plin. liber 3, caput 4.* Ce n'est donc point la ville d'*Aire* dans le Dauphiné, mais Barbaira près de Trèbes.

En venant de Narbonne, on trouve cette ville située dans la plaine où le vent d'ouest commence à se faire sentir, et annonce un changement de climat, c'est ce qui a fait ajouter le mot *barba* à *aeria*.

Bormanico n'est pas Obrac dans le pays Venassin, mais Blomac situé près de Trèbes et Barbaira. L'étimologie de Bormanico vient de ce que les habitans du pays étaient dans l'usage de se garantir du vent de bise ou borée, par le moyen d'une manche *manico* qu'ils mettaient sur leurs habits, espèce de blouse.

Macina n'est point, comme le dit Bouges, *Cave* dans le pays Venassin, mais Marseillette où était un étang désséché; par cette opération, cette ville (*Mala-sina* mauvais marais) a été assainie. Une ville du même nom, dans le Péloponèse et golfe de Messine , était ainsi appelée à raison de l'aspérité ou insalubrité de ses eaux (Calepin).

Le même historien de Carcassonne dit que *Cabellio* n'est autre chose que Cavaillon près de la Durance, tandis que c'est évidemment Capendu, nom qui lui a été donné de ce qu'on attachait une tête de mouton aux portes des maisons, pour annoncer que l'on y vendait de la viande de cet animal, d'où l'ancien nom Cap-bel-lio ; ces dernières expressions veulent dire *attachez une belle tête*. Capendu est le premier lieu de Carcassonne que l'on rencontre en venant de Narbonne.

Il est étonnant que le père Bouges, en indiquant des lieux tout différens de ce qu'ils étaient, ait ajouté qu'Anatilia n'était pas cette ancienne ville qui autrefois était bâtie sur l'Aude entre Carcassonne et Limoux ; qu'Aeria n'était pas Montréal, que Bormanico n'était pas Lésignan, et que Cabellio n'était pas le Mas-Cabardés. Toutes les cinq villes désignées par Pline, se trouvent dans la même section, immédiatement rapprochées et contiguës avec *Carcassum* Carcassonne.

Il reste encore un témoignage en faveur de la domination des latins dans le pays que nous occupons ; comme la vallée de Diane, appelée de nos jours *la Val-de-Dagne* ; puis le Minervois, enfin la ville de Fanjaux où était un temple de Jupiter, *fanum Jovis*.

Il y avait dans la cité de Carcassonne en 1789 deux églises, l'une dédiée à Saint Sernin ou Saint Saturnin ; ces deux expressions de St. Sernin et St. Saturnin ont une grande analogie avec le jour du repos, soit d'après le mot sabatum ou celui de Saturne ; cette église a été détruite pendant la révolution ; l'autre qui existe était la cathédrale, celle-ci est dédiée à St. Celse et St. Nazaire, vulgairement *Nazari*.

Quels que soient les rapports qui existent entre la religion et l'histoire, il faut avouer que l'une et l'autre doivent s'occuper de l'amélioration de l'espèce humaine, et de faire triompher les vertus qui sont la base et les liens qui unissent les peuples ; c'est le devoir de ceux qui sont chargés de veiller à l'intérêt de tous.

La distribution des jours de la semaine qui coïncident avec les planètes d'après leurs distances, n'est-il point aussi l'ouvrage des anciens Latins ?

Le premier jour de la semaine *dies una*, était consacré à tous les arts. Le second jour fut appelé mardi, le jour des marins, et par inversion celui des rameurs. Le troisième jour *mercuri* ou mercredi, était particulièrement consacré aux marchands qui courent de ville en ville, et encore à l'agriculture, en ce que le mot *ecre*, vieux mot latin qui signifie rompre, pris par inversion dit *erce*, hercer la terre, la rompre, c'est en un mot l'exercice de Cérès : c'est ce jour que toutes les denrées, l'herbe comme le bois, ont été créés. Le quatrième jour est celui de *Jovis* jeudi, et c'est à cette époque que fut créé le soleil ; le mot *Jovis* indique la joie, et en effet c'est la chaleur vivifiante du soleil qui récrée l'enfance comme la vieillesse. Le cinquième jour est le vendredi, c'est celui des marchés, le mot latin *Veneris* pris dans un sens inverse est celui des sirènes, qui affluent dans les lieux publics et desquelles il faut s'abstenir ; ce fut dans ce jour que Dieu créa tous les animaux. Le sixième jour est le samedi, ou *dies solis*, c'est-à-dire celui des solitaires, de ces sages qui méditent sur nos destinées ; ce fut dans ce jour que Dieu créa l'homme et la femme, uniques habitans de la terre ; ce jour correspond au Soleil, le plus bel ouvrage de Dieu, lequel, dans l'ordre de la création, fut créé le quatrième jour.

Le septième jour est celui de Saturne, c'est-à-dire le moment du repos ; les travaux sont achevés, les verroux sont placés, la terre est ensemencée, *sata est*, le cercle est parcouru, l'urne est pleine, elle verse de toutes parts, *sat in urna* : les latins comme les hébreux, de même que les grecs, ont solennisé ce jour de repos ; c'est ce septième jour que Dieu a sanctifié et consacré dans le même but ; il est appelé sabbatum ou Saturne, que nous appelons dimanche.

Toutes ces observations sont parfaitement en harmonie avec la première lettre que j'eus l'honneur de vous adresser le 4 décembre 1834.

C'est donc une grande erreur de nos auteurs classiques élémentaires, recommandée par le conseil royal de l'instruction publique, lorsqu'ils disent que le samedi est le jour de Saturne, et que le dimanche est le jour du Soleil.

J'ai l'honneur d'être avec respect.

D'AT

Carcassonne, le 23 mars 1835.

Le même au même.

MESSIEURS ,

En vous écrivant cette dernière lettre, je dois vous avouer que j'ai été entraîné plusieurs fois au-delà du but que je m'étais proposé; puis-je vous dire que j'ai pensé que l'Amérique sud avait été détachée de l'Amérique septentrionale, par l'effet des volcans placés au nord de cette dernière, ce qui rendait cette partie de l'hémisphère sud aussi agréable que celle qui est rapprochée du soleil. Mon opinion sur ce phénomène se fortifie en ce que le zodiaque de Dendera fait sous le règne de Constantin, et en l'honneur de ce prince, n'a aucune analogie avec l'Amérique méridionale ; dans ma préoccupation, j'ai calqué une carte de l'Amérique septentrionale, j'ai rapproché les parties du golfe de Panama qui sont sur les deux cartes, et successivement les sinuosités que forment les deux hémisphères, lesquelles ce sont adaptées avec une telle précision, que j'ai demeuré convaincu que telle avait été leur ancienne position. Alors la terre de feu qui est au midi de l'Amérique méridionale eût été au septentrion de l'autre Améri-que. Aujourd'hui cette terre ne serait-elle pas une étoile qui brille de son propre éclat ? s'il était ainsi, je l'ai aperçue dans le mois de janvier à environ quinze centimètres de la lune, vis-à-vis notre hémisphère.

J'ai de même pensé que les phases de la lune provenaient du cours mensuel des deux hémisphères, entre un des signes du zodiaque, ou plutôt de la réflexion de la lumière des deux atmosphères, sur une étendue de quatorze cents lieues ou de vingt-huit degrés ; ce qui produit douze lunes de vingt-huit jours, plus vingt-sept et un quart ; et tous les quatre ans un jour de plus, alors cette année est appelée bissextile.

La pensée que j'ai émise sur le mouvement de la terre fut celle des anciens ; Fénélon rapporte, dans la vie de Thalés, que l'opinion de ce

sage fut que « la terre était au milieu du monde , qu'elle se mouvait
» autour de son propre centre , qui était le même que celui de l'univers ,
» et que les eaux de la mer sur quoi elle était posée lui donnaient un
».certain branle qui était la cause de son mouvement ».

Deux systèmes , celui de la lune et celui du soleil ont régné : l'un
admettait treize signes célestes , l'autre douze ; celui-ci avait pour em-
blême le bélier on l'agneau , celui-là le taureau ; telle a été l'origine de ces
deux sectes , et par obstination celui de deux opinions religieuses.

Je termine cette lettre en expliquant de la manière la plus claire les
effets du mouvement diurne , ascendant et descendant , de la terre ,
dont je vous ai entretenu dans ma lettre , page 9 ; ce sera une démons-
tration d'optique. Je suppose ma main droite fermée figurant un des
deux hémisphères dans le moment qu'il se rapproche du soleil.

Le pouce de la main se montre près de la dernière phalange du second
doigt ; de ce premier point , j'aperçois à droite le soleil , le second doigt
se lève successivement , et l'astre du jour sera pour moi plus élevé ; bientôt il se trouvera au méridien sur mon troisième doigt : si la main fait
un mouvement rétrograde , le quatrième doigt me montrera le soleil
déclinant , le cinquième m'annoncera que la lumière va cesser de m'é-
clairer , enfin je vois sur la gauche de ma main fermée disparaître
l'astre du jour , sans même me douter , quoiqu'il se meuve , qu'il ait fait
le moindre mouvement.

J'ajouterai pour corollaire à ce que j'ai dit sur le cours opposé de la
lune et de la terre , que celle-ci faisait le 10 mars courant avec la lune
et le soleil , au moment où cet astre était sur le point de se coucher ,
un angle de 105 degrés , et que le surlendemain cet angle se trouvait ,
à la même heure que la veille , plus grand d'environ 30 degrés.

J'ai l'honneur d'être

Votre respectueux serviteur ,

D'AT.

CARCASSONNE , IMPRIMERIE DE C. LABAU.

Carcassonne, le 7 décembre 1834.

A M. DUPIN, Président de la Chambre des Députés.

Monsieur,

Je crois qu'il est essentiel dans l'intérêt de tous de vous informer que hier, à cinq heures du soir, je remis à la poste une pétition adressée à la chambre que vous présidez. Elle est conçue en ces termes:

« Messieurs,

» J'ai l'honneur de déférer à votre examen la responsabilité de » M. le Garde des Sceaux, quant à la non-exécution des lois et à la » confusion des droits : fâcheux pronostics ! Mes lettres, dont j'ai » l'honneur de vous adresser huit exemplaires, sont demeurées sans » réponse. M. le Ministre de la justice ne m'a point accusé la récep- » tion des pièces justificatives que je lui ai adressées le 26 septembre » dernier. »

M. le Maire et M. le Préfet ont légalisé ma signature et mes quali- fications, lesquelles mes collègues voulaient me contester sans aucun motif plausible. Je vous offre deux exemplaires de mon discours devant lequel tout a cédé; puisque le conseil de discipline, qui avait élevé la contestation, a prononcé que j'avais par mes titres justifié ma demande contre leurs objections intempestives.

Je joins à mon envoi deux exemplaires de deux lettres que j'ai écrites à M. le Garde des Sceaux, lesquelles j'ai fait autographier. J'ai les originaux des trois procès-verbaux dressés en 1821 contre les sieurs Castel. J'écrivis à M. Delessert, Préfet du département, le 11 juillet, au sujet des chemins envahis par ces derniers ; je lui signalais ces associations contre le gouvernement, que j'appelais *monstrueuses*, lesquelles s'organisaient sous ses yeux.

Ce sont les mêmes causes avec plus d'irritation, qui agissent aujourd'hui : les masses sont séduites, égarées. Dans ma section où se trouvent tant de gens éclairés, on a nommé pour conseiller municipal un individu d'une autre section, M. *********, le pivot des carlistes. Là je me trouve honoré de n'avoir obtenu qu'une seule voix ; mais ce que je ne puis comprendre, c'est que l'autorité ne portait point sur la liste des candidats l'honorable M. Teisseire, notre député, conseiller sortant; lorsque tous les autres conseillers sortant ont été réélus. (*)

J'ai l'honneur de vous adresser huit pièces probantes ou utiles; mon cœur s'y montre tel qu'il est, tel qu'il a été, surtout dans mon allocution de 1830 à mes concitoyens, au même moment où notre Roi faisait retentir sur cette immense étendue de pays, que nous nommons la France, des sons qui nous promettaient un doux avenir et des améliorations nécessaires, indispensables. Vous trouverez à la 6me page de cet opuscule, ligne 13, 14, 15 et 16, vos sentimens tels que vous les avez manifestés à la tribune législative: c'est encore vous rappeler le défenseur officieux de Baptiste Rey, envers lequel, je le confesse, vous avez fait plus que moi.

J'ai l'honneur d'être,

Monsieur le Président;

Votre respectueux serviteur,

D'AT, Avocat, Doyen d'âge et d'exercice.

Carcassonne, le 23 mars 1835.

Le même au même.

Je vous prie en grâce de me faire connaître ce qu'est devenue la pétition que j'eus l'honneur d'adresser à la chambre des députés que vous présidez; elle a dû être inscrite des premières: j'eus l'honneur de vous en prévenir le 7 décembre dernier.

Celui qui demande l'exécution des lois, en connaît la puissance, et il ne se peut dissimuler que le gouvernement qui les laisse sans force et sans appui, se détruit lui-même; dans la séance du 11 mars, un ministre disait à la chambre des députés: *la dissolution pourrait être prononcee; elle nous trouverait chacun dans notre département, pas une seule affaire n'est restée en souffrance*; les chambres s'occupent de chemins vicinaux; ils sont détruits, usurpés: les contribuables s'en indignent, parce qu'ils savent que ce sera à leurs frais que de nouveaux chemins seront construits.

J'ai l'honneur d'être,

Monsieur le Président,

Votre respectueux serviteur,

D'AT, Avocat, Doyen d'âge et d'exercice.

(*) M. Teisseire a été le premier élu, dans sa section, à une très-grande majorité.